TERRE

ET

L'HOMME

1904

PAR

GUSTAVE RABISSE

IMPRIMERIE COMMERCIALE

127, RUE D'ABOUKIR, 127

PARIS

LA TERRE

ET

L'HOMME

1904

PAR

Gustave RABISSE

IMPRIMERIE COMMERCIALE
127, RUE D'ABOUKIR, 127
PARIS

La Terre
et L'homme

Oh, la jolie planète, luxuriante de verdure

Dont sa végétation, lui fait une parure

Parure de verdure, et ceinture d'argent

Que lui donne les mers, la terre en émergent

Elle vogue dans l'espace, superbe d'élégance

Tournant sur elle même, réglée dans sa cadence

Tournée de vingt-quatre heures qui pourrait en douter ?

Cette superbe valseuse, dédaigne de s'arrêter,

Chaque jour recommence, son voyage aérien

C'est pour elle un devoir, pour elle ce n'est rien

Puis autour du soleil, dans sa course brillante

Suivie de sa cour, légère et sémillante

Qu'elle entraine avec elle, dans sa ronde gracieuse

Et ramène au départ, de l'envolée précieuse

Le soleil lui dore, son corsage sans couture

Ajoute à sa beauté, qui est dans sa nature.

Qu'elle peut-être son âge, à cette jolie planète

Veut-elle nous le dire, ou bien rester muette

Dire au juste son âge, n'est pas chose facile

Et des savants présument, de sa vie fertile

Qu'elle fut dans jeunesse, d'une grande splendeur

D'un éclat de soleil, au temps de sa grandeur

Mais ces temps sont passés, on compte ses literies

Ét quatre cent millions d'années, tantot à pàques fleuries

Ce chiffre comprend-il, son âge de nourrice

L'époque est éloignée, n'était pas propice.

Cette belle planète, nous la nommons la terre

Et les races humaines, l'envahissent toute entière

Mais la vie des hommes, de tous les animaux

N'est qu'un court passage, entre le feu et les eaux

Dans ce passage l'homme, est sans contredit

Le mieux partagé, au plus long crédit

Il exploite la terre, jusqu'à l'épuisement

Afin d'en obtenir, le plus fort rendement

Jamais satisfait, il désire davantage

Les richesses, la gloire, aussi les hommages

L'homme est très supérieur, il a tout asservi

Ses grandes œuvres, lui donnent une survie

Aussi l'orgueil, et la vanité de l'homme

Est sans égale, partout, comme à Rome.

Quel est-il cependant, un atome de poussière
Un passager sur cette terre, qui est sa nourricière
Il possède tous les germes, très franc ou hypocrite
Vaillant jusqu'à la mort, et homme de mérite
Tout lui est accessible, de tout il est capable
Du bien, du mal, il est très redoutable
Audacieux, fanfaron, fier ou coquin, traitre
Des animaux, il est certe le maitre
Sournois, autoritaire, très cruel, méchant
Enfant batailleur, au bon ou mauvais penchant
Quand il est grand, peut devenir indomptable
Vagabond, bandit, ou très bon charitable

D'un talent sans limite, d'un génie immortel
De toutes les religions, quel que soit son autel
L'homme blanc, Rouge, Noir, jaune, pâle
Est bien fait de structure, féminin où mâle
Charnu, musclé, résistant, fort, obstiné
La terre ne possède, rien de plus acharné
Son arrogance, emprunte toutes les formes
Qu'il soit grand, petit, gros difformes
Ses mains chef-d'œuvre incomparable
Lui assurent partout, une vie confortable
Tribun très éloquent, chanteur très harmonieux
A la voix la plus douce, aux cris furieux
Il soulève les foules, les mène à la victoire
Un obscur débutant, peut prétendre à la gloire

Son prodigieux cerveau, peut contenir tous les vices
Il boit dans ses mains, ou dans l'or des calices
Il se crée le luxe, le plus efféminé
Le confortable élégant, le plus raffiné
Son orgueil aussi, est des plus élastique
Il se fait grand, petit, pauvre rachitique
Milliardaire, puissant, misérable, loqueteux
Mendiant oppulent, et mendiant souffreteux.

L'homme crache de haut, sur cette bonne terre
Qu'il connait à peine, qui pourtant est sa mère
Il la frappe du pied, méprise sa boue
Cette terre si féconde, remuée à la houe
Qui a tout engendré, tout sort de ses entrailles
Homme qui es-tu? Ton génie, tes semailles?
Qui t'as créé, d'où viennent tes richesses
Ton corps si bien fait, tes belles duchesses
Tes moissons, le tout qui nous fait vivre
Ces bons fruits, ces belles eaux vives.

Par tes conquêtes, tu posssède tous les droits
Le code est fait par toi, il n'est pas d'endroits
Que tu n'ais baptisé, et donné un nom
Sur toute la terre, civilisée ou non
Comme si elle était tienne, et t'appartenait
Pense tout le contraire, c'est d'elle que tu nais.

Quand la terre se forma, aucune créature
N'existait alors, sur cette terre future
Qui n'était pas volcan, mais masse en ignition
Frère, ou étais-tu dans cette création
En tournant sur elle-même, la masse s'arrondit
Avec les siècles des siècles, peu à peu refroidit
Il s'y forma alors, de grandes mares stagnantes
Dans ces eaux fermentées, il s'engendra des plantes
Toutes sortes d'animaux, ébauches du lendemain
Parmis ces créations, germa le genre humain.
L'homme apparut sur terre, quand son temps fut venu
Comme apparut le buffle, ou tout être connu.

Qui peut dire la forme, du premier vibrion
De celui de l'homme, ce curieux embryon
Quant à descendre du singe, et ainsi transformé
La race humaine diffère, son germe tel fut formé
Mettons l'homme formé depuis deux cent mille ans
Son squelette a peu changé, c'est le même céans
L'homme devait être l'homme, et le fait s'explique
Le singe être le singe, ceci parait logique
Cette race transformée, aurait du disparaitre
Or le singe pullule, et reste le même être
Sans trace appréciable, vers la race humaine
Depuis des temps lointains, la recherche reste vaine.

La création de l'homme, est un chef-d'œuvre superbe
Il semble éclos partout, comme sont poussées les herbes
Par combien de phases, avons nous passé
Avanl d'être ce bipède, que nul n'a dépassé
Ces temps certes furent longs, et toutes espèces actuelles
Subirent, une longue incubation graduelle
Encor rien n'est fini, rien n'est terminé
L'heure de la perfection, ne doit jamais sonner.

L'homme est donc très fier, son berceau fut limon
Devenu homme de bien, ou devenu démon
Qui que tu sois, dessous tes déguisements
A peine vêtu de peau, ou superbes vêtements
Sa vie n'est pas moins, fragile comme le verre
Il est pulvérisé, quand éclate le cratère
Quand la terre se remue, l'homme tremble de terreur.
Se vaillance, son génie, est ici une erreur.

Il ne peut rien, quand la terre en colère
Jette partout du feu, quand par ses artères
Coulent les laves, liquides roches fondues
Que d'insondables crevasses, le sol est tout fendu
Que les villes balancées, s'effondrent par morceaux
Quand la mer soulevée les recouvre de ses eaux
Souvent l'homme disparait, en masses dans les ruines
Par le feu, l'eau, où bien par les famines.

Toutefois la trace des hommes, est impérissable
Ces travaux des ancieus, sont là, incontestables
Rién n'est pour lui, obstacle résistible
Seule la terre lui dit assez, elle est inflexible
Et si elle produit tout, tout elle nous reprend
Sa loi est faite ainsi, cela se comprend
Qui peut dire le contraire, rien n'est oublié
La terre reprend tout, pourtout multiplier
Econome, il ne se perd, rien de ses molécules
Des minerais, de la terre, de la chair des fécules.

C'est là, le renouveau, l'homme sort de l'enfance
Tandis que dans les villes, il regorge d'oppulence
Dans les contrées d'Afrique, où autres de l'Asie
Des iles océaniques, il passe une triste vie
Par miliers, l'espèce vit à l'état sauvage
Ces êtres primitifs, subissent tous les ravages
Combien d'ans passeront, pour qu'ils possèdent aussi
Un Paris, un Londres, hommes à peine dégrossis.
De l'homme des cavernes, à l'homme du radium
C'est l'âge du silex, au jouet d'aluminium.

Nous sommes encor tous jeunes, ne seront parfait
Il est un tout infini, qui ne doit-être fait
Le progès doit marcher, où c'est décadence
Le temps force les choses, et marche avec prudence
La terre nous fournit, ses immenses matériaux
Grains, bois, pierres, tous ses minéraux
Marche donc, crée, travaille, quoique tu sois mortel
Le chef-d'œuvre de l'homme, devient universel.

La terre qui te créa, te fit incomparable
L'homme devient bienfaisant, utile, honorable
Sa tâche ici-bas, n'est jamais terminée
Fouille la terre, fouille le ciel illuminé
Tu trouveras, cherche, d'autres aussi ont cherché
Tout te parait possible, même ce qui est caché
Va, détruis, brûles, anéantis, blasphèmes
Quoique tu puisse faire, toutes choses ont un terme
La terre te laisse faire, et le comble de largesse
Car avec les ans, doit venir la sagesse
Puis d'autres que toi, continueront ta tâche
L'homme doit-être vaillant, jamais être lâche.

L'homme se dit race humaine, il est donc humain
L'histoire ancienne, moderne, peut-être de demain
Le représente guerrier, farouche, prêchant la guerre
Le massacre, l'incendie, la rapine, la misère
Fut-il donc créer, pour être race fatale
Pour qu'il fut plus nuisible, que la race animale
Non, la majorité, est bonne, consciencieuse
Ardente au travail, des plus laborieuse
L'homme peut toutes les vertues, les bonnes pensées
Il est remplit d'esprit, mais d'autres sont insensés.

La guerre est, des fléaux, le plus redoutable
Celui qui la déclare, est un grand responsable
Si de la cruauté l'homme, détient le record
Sur sa grandeur d'âme, chacun est d'accord
Quel que soit sa couleur, pour sa progéniture
Il n'est de sacrifices, de maux qu'il n'endure

L'Arabe superstitieux, sur la terre se prosterne
La tête entre ses mains, son visage il promène
Son front dans la poussière, de cette terre brûlante
Qu'il touche de ses lèvres, dans sa foi ardente
Il récite sa prière, célèbre son prophète
Son église est partout, il prie où il s'arrête.

L'homme est seul sur terre, l'auteur du progrès
Il avance à grand pas, en gravit les degrés
Ces degrés sont nombreux, il n'ont pas de fins
Il les gravit sans cesse, et arrive à ses fins
Où s'arrêtera l'audace de l'espèce humaine
Elle s'arrêtera pas, même qu'elle soit inhumaine
C'est le travail des peuples, qui transforme le monde
Ses progrès ouvrent la marche, sa lumière nous inonde
C'est la marche en avant, heureux, quant il est pacifique
L'homme est l'inventeur, au cerveau magique
Et aussi un savant, que rien ne rebute
Connaitre, savoir, découvrir, est pour lui un culte.

Au péril de sa vie, il part pour l'inconnu

Combien sont partis, mais ne sont revenus

L'idée fixe de l'espèce, est de chercher toujours

Son cerveau travaille, la nuit comme le jour.

Il fait merveille de ses mains, pour défendre sa vie

Aucun animal, cet art, ne lui ravit

Entre les mains de l'homme, toutes armes sont homicides

Ses mains font le travail, que le cerveau décide

Travail inoui de fini, de beauté, de finesse

Travaux de force, de patience et d'adresse

Ces doigts fins, longs, effilés, si jolis

Ou doigts gros, courts, rugneux, dépolis

Obéissent au cerveau, aussi vite qu'il pense

Continuent même le travail, du cerveau en absence

Ce cerveau, ce crâne, est à l'espèce unique

Il est énorme, pour ce petit corps énergique.

Des hommes illustres surgissent, apparaissent soudain

Eclairent la terre, projettent leur esprit au lointain

Ces flambeaux lumineux, apparaissent à distance

Les génies des lettres, des arts, des sciences

Ces éclairs des humains, chassent les obscurités

Lancent des flots de progrès, pour les prospérités.

La terre est superbe, et c'est d'elle que tu sors

Le dessus est sublime, le centre plein de trésors

Globe fécond, aux richesses sans nombre
A ciel ouvert, ou caché sous les ombres
De toutes ces richesses, le genre humain
Est très avide, y puise à pleine main
Cette boue, ce fumier, cette terre multicolore
Sur laquelle tout périt, tout vient éclore
Qui paraît inerte, que tu broies, pétris
Se meut, vit, quoique toujours meurtrie.

Cette vitalité que jamais, rien ne lasse
Que tu piétines, brûles, éventres, casses
Enfant terrible, qu'elle même a enfanter
En bonne nourrice, se prête à toutes les volontés
Nourrice incomparable, aux milliards de mamelles
Tout suce, boit, mange, à l'immense gamelle
Que se soit l'homme, le cheval, le chiendent
Le chardon, le mouton, tout y mord à belle dent
Elle donne à chacun, une différente nuance
Sorti du même endroit, cela sans préférence.

Les molécules invisibles, entrent dans toutes constructions
Comme le mortier, les moëllons, de toutes constitutions
Des chairs, le sang; des plantes, les sèves liquides,
Par leurs molécules soudés, forment des corps solides

Sucés par les racines, ou par la nutrition
Les molécules vivent, sont matières créations
Le corps de l'homme en est, le vaste échafaudage
Le gigantesque chêne, ne l'est pas davantage
Taris la sève de l'un, taris les vaisseaux chylifères
C'est la chute du géant, de l'autre moléculaire.

Tout est beau, chacun dans sa famille
La pieuvre, l'araignée, aussi la chenille
Le lys, la rose, l'ortie, l'épine la mousse
Tout ce qui est créé, tout ce qui vit et pousse
L'homme aussi, oh superbe sale bête
Tu embellis la terre, quand tu montres ta tête
Tu es beau, mais donne une peur horrible
Les races se regardent, d'un regard terrible
Que tu sois du midi, où bien un esquimaux
Ta présence fait fuir, tous les animaux
Tu possèdes la confiance, de l'être supérieur
Et prépares tes plans, afin d'être vainqueur.

La terre est ronde dit-on, et tu en fais le tour
Mais la terre est pour nous, une imprenable tour
Malgré toutes tes forces, avec ton génie
Assemble tous les tiens, par milliers réunis
Tes assauts seront vains, on ne peut lutter
Cette terrre productive, qu'il nous faut respecter

Ne crains rien des hommes, de toutes les armées
L'homme fond comme la neige, avec les années
Conquérir la terre, c'est chose défendue
La terre ne se conquière, se prête pour un rendu
L'homme le plus orgueilleux, que hante l'ambition
D'en faire son domaine, viverait d'illusion
Et quant-il disparait, n'emporte de territoire
Ni même de fortune, la terre garde son histoire.

Quand nous ne sommes plus rien, bonne mère toujours
Que nous sommes disparus, par milliers chaque jours
Dans son sein nous reçois, sans la moindre rancune
Elle reprend de nous, ce qui est sa fortune
Terreau qu'elle a prété, cela sans usure
Chérissons cette mère, l'excellente nature
En nous donnant, toute la joie possible
Elle semble dire à l'homme, va approche de l'impossible.

Qu'est-ce que la terre, à part le désert, les poles
Encor ces endroits, jouent de mystérieux roles,
Parages peu connus, ces poles magnétiques
Encor vierges, aux aurores magnifiques
La terre est un jardin, sublime toujours durable
Jamais pareil, les décors les plus désirables
Etonnent, éblouissent les hommes les plus placides
Et toujours sur leurs pas, ils y trouvent des subsides
Ce jardin est, sans commencement, ni fin
Seules les eaux, en limitent les confins

Que le soleil dore, féconde de sa chaleur

Astre précieux, qui fait notre bonheur

Aussi bien le terreau, l'eau, la chaleur du soleil

Fait une fécondité, d'une ardeur sans pareille

Sans cette trinité, les plantes, les êtres de toutes sortes

N'existeraient pas, la terre serait déserte, morte.

Qu'il y a-t-il de plus beau que la simple nature

Tous ces sites charment, que les parfums saturent

Ces collines, vallons, ces plaines ensoleillées

D'arbres, de plantes, de fleurs, partout émaillées

L'homme parait bien petit, devant toutes ces grandeurs

Son talent n'atteint pas, ces superbes splendeurs.

Combien fut bouleversé, notre globe terrestre

Produisant des hauteurs, de plus de huit mille mètres

Et des mêmes profondeurs, de ses immenses mers

Dont les eaux si salées, en deviennent si amers

L'homme n'atteint ces hauteurs, ni ces profondeurs-là

La terre lui dit parfois, arrête, tu n'iras au-de-là

Dans son centre elle possède, un feu invisible

Descendre à sa recherche, ne parait admissible

Au-dessus de nos têtes, est un feu étincelant

Nous le voyons, en recevons les rayons brûlants

La science des hommes, pourra-t-il définir

Le problème du soleil, et d'autres, dans l'avenir.

L'homme fort peut dire, il n'y a pas de néant
Là sont d'immenses mers, où des monts de géant
En haut, en bas, sont des feux éternels
La végétation terrestre, est à jets continuels
Les plantes, les êtres, tout ce qui est animé
C'est l'ornement du jardin, à jamais terminé
Tout étant animé, sur notre hémisphère
Chacun vit à sa place, de sa vie passagère
Et le néant, sera réalité
Quand l'univers finira d'exister.

La tâche de tous les êtres, est de se reproduire
De se multiplier, et aussi de se nuire
D'étouffer celui-là, de manger celui-ci
D'envahir la place, d'être le maitre ici
Le combat est sans fin, meurtrier, perpétuel
Pour la faim, le terrain, pour le désir mutuel
La terre le veut ainsi, les saisons sont classées
Chacun son tour de naitre, et aussi de pousser
Et puis de disparaitre, la place est retenue
Le nouveau perpétuel, veut le nouveau venu
C'est la force vitale, c'est la nativité
Il faut bien des printemps, pour faire l'éternité.

Il n'y a pas de fin, car l'univers recommence
Le vide est comblé par une nouvelle semence.

La Haut

Plus haut, plus loin, dans les immensités
Il semble que les mondes, forment des cités
Regarde bien la haut, la nuit tire ses voiles
La nuit donne une clarté, et tu vois les étoiles
Là bas, là bas, vois-tu les nébuleuses
Ces grands rassemblements, d'étoiles lumineuses
Regarde dans l'espace, de ce champs sans égal
On y cultive des mondes, c'est le champ sidéral
Vois-tu l'étoile filante, et ce beau météore
Cette pluie d'étoiles, cette superbe aurore
L'aurore du levant, la beauté du couchant
Vis-tu spectacle plus grand, idéal touchant
Une vision plus grandiose, regarde, regarde encor
Ces planètes qui brillent, étincelantes d'or.

Ton cœur est-il remué, par ces beautés célestes
Dis-moi que pense-tu, peux-tu rester modeste
Ces immenses profondeurs, ces infinités
Ces mondes dans l'espace, sont tous agités
Et ton cerveau travaille, tes regards curieux
Voudraient bien pénétrer, ces mondes mystérieux
Cette clarté de la nuit, laisse voir des phénomènes
Que le soleil nous cache, quand le jour il ramène.

Ce que tu ne sais pas, tu le voudrais savoir
Ce que tu n'as point vu, tu le voudrais bien voir
Que de choses inconnues, il nous reste à connaitre
Où est le créateur, où donc est ce grand maitre.

Alors pour pénétrer, connaitre son sanctuaire
Faut-il être drapé, dans le drap mortuaire
Quand l'éther du cerveau, retourne à son départ
Cette endroit inconnu, est partout, nulle part
Quand le souffle du corps, reprend sa liberté
Que le cœur ne bat plus, et la vie arrêtée.

Et encor non, rien tu ne connaitras
Du commencement, de la fin tu pénétreras
L'univers c'est toujours, les mondes sont nombreux
Mondes, soleils disparaissent, d'autres renaissent sous les cieux
L'âme des corps, des mondes est insaisissable
L'univers si profond, sans fin, est indéfinissable.

Pourquoi chercher si loin, connaissons nous nous mêmes
La terre quoique petite, nous cache ses extrèmes.

Sur Terre, le Volcan Martinique

Le Mont Pelée, de sinistre mémoire
A fait un cimetière, dans ce beau territoire
Ce huit Mai mille-neuf-cent-deux marquera une page
Dans l'histoire des peuples, du plus affreux ravage.

Ce Mont Pelée par un brusque réveil
Lança du feu, mit tout le monde en éveil
Des fumées, des cendres, de sinistres grondements
Donnaient des craintes, de graves pressentiments.

Quelle est cette pluie, ce linceul funèbre
La terre tremble, il se fait des ténèbres
Une chaleur étouffante, une angoisse qui étreint
Quelque chose d'inoui, comme la vie qui s'éteint.

Par un bruit infernal, comme mille tonnerres
Un nuage de feu, s'abat sur cette terre
Cendres, pierres enflammées, gaz asphyxiant
Ecrasent, brûlent la ville, ses trente mille habitants

La mer elle même, prend sa part au désastre

En peu de temps, quel effrayant cadastre

La ville est effondrée, brulée, anéantie

Hommes, femmes, enfants, personnes n'est parti

Il pleuvait du feu, terrible pluie de flammes

Elle poursuit les fuyards, leur fait rendre l'âme

Immense bûcher, autre enfer de Dante

La mer semble de bitume, elle devient brulante

Ses habitants meurent, les vaisseaux sont détruits

De ce qui fut la ville, silence de mort, pas de bruit.

Les rivières sont taries, il y coulent des laves

Tout a été détruit, excepté quelques caves

De la ville, des habitants de Saint-Pierre

Il ne reste plus rien, que des décombres de pierre

Plus d'arbres, de jardins, aucune verdure

Seul le volcan tonne, menace ou murmure

Puis récidive ses déjections mortelles

Sème la terreur au loin, ses milliers d'étincelles

Et le soleil voilé, tel une rouge plaque

N'ose regarder, ce charnier catafalque.

Le désastre est énorme, il est irréparable

Celui qui a survit, est pauvre misérable

La richesse n'est rien, mais des familles entières

Sont calcinées dans les cendres, qui leur servent de bières

Par le cyclone de feux, de l'éruption maudite

Ces pauvres gens périrent, d'une atroce mort subite

La mort qui les frappa, en pleine existence

Ne laissa que des ruines, ou était l'oppulence

Ceux qui étaient absents, au quart-d'heure funeste

Ont seuls la vie sauve, c'est tout ce qui leur reste.

SUR MER
La Tempête

Quand le vent mugit, que la tempête éclate

Que la mer en furie, lance au ciel écarlate

D'énormes montagnes d'eaux, que gronde le tonnerre

Avec mille fracas, ébranle au loin la terre

Les éclairs multiples, aux effrayantes lueurs

Qui sillonnent les ténèbres de sinistres couleurs

La pluie tombe à torrent, avec d'énormes grêles

Les navires bondissent, ses coquilles paraissent frêles

Soulevées, effondrées, poussées vers le rivage

Craquent, se brisent dans l'infernal tapage.

Les éléments furieux, les foudres déchainées

Embrassent l'atmosphère, déchirent les nuées

Arrachent toutes les voiles, brisent les màtures
Quelles forces irrésistibles, possède la nature
Les vagues avec rage, attaquent les rochers
Comme pour les brisér, les vouloir arracher
Ce combat terrifiant, dont l'homme est le témoin
Et souvent la victime, aujourd'hui où demain
Le rend superstitieux, brave, il tombe sur un genou
Cette force surhumaine, lui rend le cerveau mou

Quand survient le naufrage, que le navire sombre
Que ce soit dans le jour, ou par la nuit sombre
Que de scènes incroyables, que de cris déchirants
La folie des vivants, la rage des expirants
La lutte pour la vie, fait commettre des crimes
On frappe, on mord, pour éviter l'abime
Des masses se battent, se cramponnent, se déchirent
Balayées par les vagues, toutes ensembles elles expirent.

Et les vagues continuent, leurs luttes à outrance
Se brisent l'une sur l'autre, reculent, ou avancent
Ecument de fureur, dans ce combat horrible
Un homme cependant, reste calme impassible
Attaché aux débris, qu'il ne quittera pas
Il a fait son devoir, il attend le trépas
Cet homme est le chef, capitaine du navire
Son navire disparu, il ne veut lui survivre

La mer, les nues, s'éclairent, tel un brasier intense
La foudre frappe encore, dans sa colère immense
Et tout a disparu englouti, mais la mer insatiable
Cherche d'autres victimes, elle est impitoyable

Fin

9 782329 632124